Mlle JULIE GOURAUD

MIEUX VAUT DOUCEUR QUE VIOLENCE

COMÉDIE EN TROIS ACTES
EN PROSE, POUR JEUNES FILLES

PRIX : 1 FRANC

PARIS
LIBRAIRIE D'ÉDUCATION
PAUL DELARUE, ÉDITEUR
9, rue de l'Eperon, 9

MIEUX VAUT
DOUCEUR QUE VIOLENCE

DANS LA MÊME COLLECTION

Mlle M. RÉGNIER, Professeur à l'Institution Nationale des Jeunes Aveugles. — **La Sorcière**, Comédie en 1 acte, en prose, pour Jeunes Filles. Prix, broché : **1** fr.

L. SAGLIER. — **L'homme propose...**, Proverbe en 1 acte, en prose, pour Jeunes Filles. Prix, broché : **1** fr.

A. RUFFIER. — **Le Berceau**, Monologue en vers pour Jeunes Filles, dit par Mme Jane Hading, de la Comédie-Française. Prix, broché : **75** cent.

EN PRÉPARATION

La Sainte-Catherine.
Un Poisson d'Avril.
Une nouvelle connaissance.
Etc., etc.

THONON-LES-BAINS. — IMPRIMERIE MASSON FRÈRES

Mlle JULIE GOURAUD

MIEUX VAUT
DOUCEUR QUE VIOLENCE

COMÉDIE EN TROIS ACTES
EN PROSE, POUR JEUNES FILLES

PRIX : 1 FRANC

PARIS
LIBRAIRIE D'ÉDUCATION
PAUL DELARUE, ÉDITEUR
9, rue de l'Eperon, 9

PERSONNAGES

La Comtesse de LARMURE.
La Vicomtesse Marie de LARMURE, sa bru, 18 ans.
Mme LEFORT, veuve, tante de Marie.
ÉLÉONORE, sa fille, 16 ans.
GEORGETTE, sa nièce, 16 ans.
Mme de BEAUVOIR, locataire de Mme de LARMURE.
Mme MARTIN, autre locataire.
ANNETTE, femme de chambre de Mme la Vicomtesse de LARMURE.
CLÉMENCE, femme de chambre de Mme LEFORT.
Une Couturière.

La scène se passe de nos jours dans le Faubourg-Saint-Germain.

MIEUX VAUT DOUCEUR QUE VIOLENCE

COMÉDIE EN TROIS ACTES

ACTE PREMIER

La scène représente le salon de Madame la Vicomtesse de LARMURE.

SCÈNE PREMIÈRE

LA VICOMTESSE DE LARMURE, *seule ; elle est assise devant un bureau*

Dix, douze, quinze cents francs ! Il n'y a pas moyen de sortir de là... : c'est incroyable ce que coûte une tête en trois mois..., et certes, la mienne n'est pas grosse ! Que va dire Albert ? J'ai un peu peur ! Bah ! tout s'arrange ! Et puis, c'est aujourd'hui le 15 janvier ; mon mari est absent, je vais recevoir les loyers... On sonne ! prenons un air digne. *(Elle se place près de la cheminée, tient un livre à la main ; on annonce mademoiselle Eléonore.)*

SCÈNE II

LA VICOMTESSE DE LARMURE, ÉLÉONORE

LA VICOMTESSE DE LARMURE

C'est toi ! j'espérais voir entrer un de nos locataires ; car, ma chère Éléonore, Albert est à la chasse ;

je suis reine et maîtresse et je vais toucher les loyers. C'est la première fois de ma vie que j'ai la clef d'un secrétaire entre les mains.

ÉLÉONORE

Pourvu que tu ne la perdes pas !

LA VICOMTESSE DE LARMURE

Oh ! je suis bien changée depuis mon séjour à Paris. Rien ne donne de l'aplomb comme de s'entendre appeler, annoncer : Madame la vicomtesse ; d'avoir des gens empressés à vous servir... Je ne suis plus une enfant.

ÉLÉONORE

Tant mieux ! cette nouvelle me remplit de joie.

SCÈNE III

LES PRÉCÉDENTES, MADAME MARTIN

MADAME MARTIN

M. le Vicomte est absent, m'a-t-on dit, madame, mais j'ai pensé que vous voudriez bien recevoir le *terme*.

LA VICOMTESSE DE LARMURE

Avec grand plaisir, madame.

MADAME MARTIN

Quel temps, madame la vicomtesse ! Toutes mes cheminées fument ; c'est à ne pas s'y voir. Je venais rappeler à M. le Vicomte qu'il m'a promis une petite réparation.

LA VICOMTESSE DE LARMURE

N'y comptez pas, madame. Nous avons beaucoup dépensé depuis trois mois, et bien certainement mon mari ne pourra pas tenir sa promesse.

MADAME MARTIN

Mais songez donc, madame la vicomtesse, que je suis étouffée, aveuglée dans mon appartement, et que les papiers et les peintures ne sont pas plus épargnés que moi.

LA VICOMTESSE DE LARMURE

L'hiver sera bientôt passé. En prenant quelques précautions, vous remédierez à ce petit inconvénient : il suffit d'entr'ouvrir la fenêtre de temps en temps, ou de laisser une porte ouverte.

MADAME MARTIN

Vous plaisantez, madame, il y a aujourd'hui dix degrés, et je n'ai pas envie de prendre une fluxion de poitrine. Dès que M. de Larmure sera de retour, je lui rappellerai sa promesse, et je suis sûre qu'il la tiendra. Veuillez me remettre ma quittance. *(Madame de Larmure remet la quittance et prend trois cents francs. Madame Martin salue et sort).*

SCÈNE IV

LES PRÉCÉDENTES, EXCEPTÉ MADAME MARTIN

ÉLÉONORE

Tu ne reçois guère bien tes locataires, ma cousine. Il faut cependant convenir que c'est terrible de vivre dans un nuage de fumée !

LA VICOMTESSE DE LARMURE

Je ne prétends pas le contraire; mais j'ai toujours entendu dire que le premier mouvement d'un propriétaire doit être de refuser toute réclamation du locataire, sauf à revenir plus tard, s'il n'y a pas moyen de faire autrement.

ÉLÉONORE

Quant à moi, je quitterais bien vite un appartement dont les cheminées fumeraient.

LA VICOMTESSE DE LARMURE

Veux-tu bien te taire, Eléonore !

SCÈNE V

LES PRÉCÉDENTES, MADAME DE BEAUVOIR

MADAME DE BEAUVOIR

Bonjour, Madame la vicomtesse, vous êtes veuve aujourd'hui ? Est-ce que M. de Larmure ne sera pas de retour pour vous conduire au bal de l'ambassade? Ce sera féerique.

LA VICOMTESSE DE LARMURE

Non, madame, j'en suis désolée.

MADAME DE BEAUVOIR

Je le crois bien. On n'aura rien vu de pareil au monde. Mais, au fait, pourquoi ne viendriez-vous pas avec nous? J'ai un coupe-file. Nous arriverons à notre aise.... : allons, c'est dit?

LA VICOMTESSE DE LARMURE

Je n'oserais jamais aller au bal sans Albert. Il pourrait s'en fâcher.

MADAME DE BEAUVOIR

Admirable petite femme! Je ne veux pas mettre la brouille dans le ménage. *(Elle regarde à sa montre.)* Deux heures! et j'ai demandé mes chevaux pour trois heures! Je ne serai pas prête! Adieu, chère vicomtesse. Mon intendant passera un de ces jours chez M. de Larmure. *(Elle sort.)*

SCÈNE VI

LA VICOMTESSE DE LARMURE, ÉLÉONORE, ANNETTE

ANNETTE

Madame, la modiste est là...

LA VICOMTESSE DE LARMURE

Je n'ai rien à lui commander, Annette.

ANNETTE

Elle demande si madame a regardé sa note?

LA VICOMTESSE DE LARMURE

Oui, je l'ai regardée.

ANNETTE

Et madame...

LA VICOMTESSE DE LARMURE

Et je l'ai serrée.

ANNETTE

Madame voudrait-elle donner un à-compte?

LA VICOMTESSE DE LARMURE

Fi donc ! dès que monsieur sera de retour, j'enverrai, en voilà assez. *(Annette sort.)*

ÉLÉONORE

Chère cousine, je te laisse à tes occupations.

LA VICOMTESSE DE LARMURE

Je n'ai rien à faire. J'ai promis à Albert de ne pas sortir... j'en ai pourtant grande envie.

Au fait, je lui ai promis de ne pas faire de visites ; mais c'est tout autre chose d'aller dans les magasins. J'ai mille emplettes à faire et je vais au contraire profiter de son absence pour les terminer. *(Elle sonne).*

SCÈNE VII

LES PRÉCÉDENTES, ANNETTE

LA VICOMTESSE DE LARMURE

Les chevaux tout de suite, tout de suite.

ANNETTE

Madame la vicomtesse, ils sont à la forge.

LA VICOMTESSE DE LARMURE

C'est insupportable ! je veux sortir en voiture.

ANNETTE

Dès que ce sera possible, je dirai au cocher d'atteler. *(Elle sort.)*

LA VICOMTESSE DE LARMURE

As-tu acheté ta robe, Éléonore ?

ÉLÉONORE

Pas encore, je ne peux pas me décider !

LA VICOMTESSE DE LARMURE

Jamais on a vu de femmes comme toi et ma chère tante. Je suis persuadée qu'il vous en coûterait moins de vous fairer tirer une dent que de dépenser votre argent.

ÉLÉONORE

Ce n'est pas avarice, je t'assure ; mais moins on dépense, moins on a de besoins.

LA VICOMTESSE DE LARMURE

Le contraire pourrait bien être vrai.

ÉLÉONORE

N'en doute pas.

LA VICOMTESSE DE LARMURE

Quoi qu'il en soit, ma chère, il faut t'exécuter, nous aurons du monde à la fin du mois, et je veux que ma petite cousine soit charmante. *(Elle l'embrasse.)* Il faut te faire habiller par une fameuse.

ÉLÉONORE

Bien obligée : cette fameuse qui ne m'a pas vue et ne me reverrait probablement pas, ne s'intéresserait guère au succès de ma toilette, tandis que mademoiselle Leblond certainement se piquera d'honneur.

LA VICOMTESSE DE LARMURE

Veux-tu que nous allions acheter ta robe?

ÉLÉONORE

Oh ! je ne me décide pas si vite ! Je suis fort embarrassée : une robe de soie me coûtera cent soixante francs, plus la façon ; tandis qu'une petite robe de fantaisie me reviendrait à soixante-dix francs toute faite, et je pourrais alors me donner six choses qui me feraient un plaisir, un plaisir !

LA VICOMTESSE DE LARMURE

Que le monde est exigeant ! Je t'assure que je ne l'aime guère !

ÉLÉONORE

Moi, je t'avoue que j'aime à m'amuser, quel que soit le prix de ma robe. Une fois que je suis en train, si quelqu'un venait me demander de quelle couleur est ma ceinture, je serais obligée de m'en assurer.

LA VICOMTESSE DE LARMURE

Quels sont les six objets que tu désires ?

ÉLÉONORE

D'abord je veux économiser et donner des livres à Georgette le jour de sa fête.

LA VICOMTESSE DE LARMURE

Tu as le temps !

ÉLÉONORE

2° J'ai envie d'une jardinière ; 3° d'un pupitre fermant à clef ; 4° d'une jolie cage pour mes oiseaux ; 5° d'un petit bougeoir pour mettre sur mon bureau ; ... 6°... Je ne sais pas si je peux te dire mon sixièmement.

LA VICOMTESSE DE LARMURE

Dis toujours... je suis discrète... comme la tombe.

ÉLÉONORE

Je voudrais acheter un lit.

LA VICOMTESSE DE LARMURE

Sur ta pension ? es-tu folle ?

ÉLÉONORE

Ecoute, Marie, je connais une pauvre créature percluse de douleurs, misérable, ayant un grabat où sa fatigue et ses souffrances ne font qu'augmenter. Le soir, la pensée de Jeannette me revient et je suis décidée à mettre fin à son supplice.

LA VICOMTESSE DE LARMURE

Chère amie, ta mère est là, bonne, charitable; pourquoi t'imposer une charge pareille ?

ÉLÉONORE

Pourquoi ? Je ne suis pas si généreuse que tu le penses... Marie, garde-moi le secret. Depuis ma sortie du couvent, j'ai déjà fait de petites aumônes en m'imposant quelques privations, et chaque sacrifice m'a rendue si heureuse, si heureuse, qu'il faudrait être là, dans mon cœur, pour le savoir.

LA VICOMTESSE DE LARMURE

Chère Eléonore, je te reconnais bien !

ÉLÉONORE

Tu comprends qu'il en coûte de se priver d'un pareil bonheur en dépensant d'un coup cent soixante francs! c'est surtout à cette double jupe que j'en veux. N'en avons-nous pas assez d'une sans compter toutes les autres?

LA VICOMTESSE DE LARMURE

C'est la mode! il faut s'y soumettre.

ÉLÉONORE

Je te réponds que je ne me rendrai jamais du premier coup. Je te quitte, ma mère m'attend.

LA VICOMTESSE DE LARMURE

Ne t'occupe plus de ta robe, achète tes six objets en commençant par le lit de ta Jeannette, et parle-moi de temps en temps de tes pauvres, je tâcherai de te donner quelques pièces par-ci par-là.

ÉLÉONORE

Que je suis contente! adieu ma bonne Marie.

LA VICOMTESSE DE LARMURE

A demain.

ACTE II

La scène se passe dans le boudoir de Madame la Vicomtesse de LARMURE.

SCÈNE PREMIÈRE

LA COMTESSE DE LARMURE, LA VICOMTESSE DE LARMURE

LA VICOMTESSE DE LARMURE

J'ai cru faire merveille, chère mère, en me montrant sévère. Mais après tout, je serais enchantée que cette pauvre femme n'ait plus de fumée dans son appartement. Elle seule est venue payer son loyer. C'est étrange !

LA COMTESSE DE LARMURE

L'expérience vous apprendra que les gens les plus riches ne sont pas toujours les plus exacts.

LA VICOMTESSE DE LARMURE

Cela se conçoit, ils ont tant de dépenses à faire !

LA COMTESSE DE LARMURE

Quelle excuse, chère Marie ! J'espère bien que vous ne suivrez jamais un si mauvais exemple.

LA VICOMTESSE DE LARMURE

On finit toujours par payer... ainsi...

LA COMTESSE DE LARMURE

Il faut commencer par là.

LA VICOMTESSE DE LARMURE, *à part.*

Si Albert savait ! je n'oserai jamais le lui dire... *(Haut.)* Albert est-il content des fermiers ? Il les a augmentés, j'espère ; tout le monde dit que c'est un bon moment pour renouveler les baux.

LA COMTESSE DE LARMURE

Mon mari et mon beau-père n'ont jamais augmenté leurs fermiers : Albert suit leur exemple.

LA VICOMTESSE DE LARMURE

Qu'il est bon, mon ami ! Mais, dites-moi, si Albert n'augmente pas le revenu de nos fermes, et si celui de Paris diminue, nous resterons avec nos 60,000 francs de rentes, et comment ferons-nous?

LA COMTESSE DE LARMURE

Je ne vous comprends pas. Expliquez-vous.

LA VICOMTESSE DE LARMURE

Vous ne me comprenez pas? Je demande comment nous pourrons mener grand train?

LA COMTESSE DE LARMURE

Vous ne mènerez pas grand train. N'êtes-vous pas heureuse ainsi, Marie?

LA VICOMTESSE DE LARMURE

Très heureuse, chère mère, mais j'avoue que je m'attendais à plus de représentation, et...

SCÈNE II

LES PRÉCÉDENTES, ANNETTE

ANNETTE

Le cordonnier de Madame est là..., il y a aussi la couturière qui voudrait...

LA VICOMTESSE DE LARMURE

Quelle persécution!

ANNETTE

Le pâtissier, la fleuriste...

LA VICOMTESSE DE LARMURE

C'est insupportable!

LA COMTESSE DE LARMURE

Faites attendre... *(Annette sort.)*

Ma chère Marie, je ne conçois pas votre impatience et votre mauvaise humeur. Vous voulez qu'Albert soit rigoureux avec ses fermiers et ses locataires, et vous faites attendre vos fournisseurs !

LA VICOMTESSE DE LARMURE

Ils ont mal choisi leur jour...

LA COMTESSE DE LARMURE

Je présume qu'ils ont choisi le jour où leur caisse est vide. Avez-vous fait le compte de vos dépenses, vos livres sont-ils en ordre ?

LA VICOMTESSE DE LARMURE

Chère mère, j'ai horreur des chiffres, mais, en revanche, j'ai une mémoire qui vous étonnera.

LA COMTESSE DE LARMURE

J'admirerai votre mémoire quand vous me jouerez par cœur une sonate de Beethoven, mais, en fait de dépenses, Albert préférera des chiffres et voudra voir des comptes. *(Elle sort.)*

SCÈNE III

LA VICOMTESSE DE LARMURE

LA VICOMTESSE DE LARMURE, *seule; elle est assise et sanglotte*

Il voudra voir des chiffres... ah ! le tyran ! Albert si bon ! qui l'aurait pensé ? Je suis bien malheureuse !

voilà donc ces scènes de ménage dont j'ai entendu parler mystérieusement? C'est affreux; *(grossissant sa voix :)* j'exige... je veux... Et quand il saura que je dois quinze mille francs !... Ce n'est pas moi qui le lui dirai... bien certainement... Une visite..., cachons nos larmes.

SCÈNE IV

LA VICOMTESSE DE LARMURE, MADAME DE BEAUVOIR

MADAME DE BEAUVOIR *(parlant très vite).*

Chère voisine, vous voyez la femme la plus heureuse du monde : mon mari a fait un coup de bourse magnifique. Notre fortune est augmentée d'un tiers depuis vingt-quatre heures. Et il n'y a pas de raison pour qu'elle ne soit pas triplée, quadruplée d'ici trois mois. Si nous restons en paix, on fera des affaires prodigieuses. En attendant, mon mari vend les deux vieux bais et il m'achète deux alezans qui vont comme le vent. Votre fortune est en terres?

LA VICOMTESSE DE LARMURE, *fièrement.*

Oui, madame, ce sont des terres de famille. Nous les conserverons toujours, et si notre fortune ne quadruple pas, il est certain du moins qu'elle ne sera pas soumise aux variations de la hausse et de la baisse.

MADAME DE BEAUVOIR, *à part.*

La petite voisine n'est pas de bonne humeur, je crois qu'elle a pleuré. *(Haut).* Que de raison! à votre âge, c'est admirable! Je regrette de ne pouvoir me former à une si bonne école. Je vais demain au bal costumé de bienfaisance. Je viendrai vous montrer ma toilette. Ah ! ce sera une soirée qui coûtera cher à M. de Beauvoir ! mais c'est nécessaire. J'aurai un costume de la cour de Louis XIII. Que voulez-vous ? si toutes les femmes étaient raisonnables, où en serait le commerce, l'industrie ! C'est une sorte de charité que de dépenser sa fortune. *(A part.)* Décidément elle n'est pas en train. Adieu, chère vicomtesse, je viendrai me faire admirer demain soir. *(Elle sort.)*

SCÈNE V

LA VICOMTESSE DE LARMURE

LA VICOMTESSE DE LARMURE, *seule.*

C'est singulier comme elle m'ennuie aujourd'hui ! La tête me fend. Je me moque bien de son costume.... je ne la regarderai pas !

SCÈNE VI

LA VICOMTESSE DE LARMURE, GEORGETTE

GEORGETTE

Ah ! ah ! ah ! *(Elle se jette sur un fauteuil.)* Ah ! ah ! ah ! il faut l'avoir entendu... ah ! ah ! ah !

LA VICOMTESSE DE LARMURE

Es-tu folle, Georgette ?

GEORGETTE

Ah ! ah ! ce n'est pas moi ! ah ! ah ! Figurez-vous, ma cousine... *(Elle recommence à rire, s'essuie les yeux, se mouche et rit encore.)*

LA VICOMTESSE DE LARMURE

En finiras-tu ? Voyons, je veux rire aussi, moi.

GEORGETTE

Je sors, avec maman, de chez une dame de notre connaissance... Je me doutais bien que depuis longtemps elle s'efforçait chaque jour de *réparer l'irréparable outrage*... j'avais même aperçu quelques coups de pinceau assez heureux...

LA VICOMTESSE DE LARMURE

Que veux-tu dire ?

GEORGETTE

Comment, ma chère cousine, vous êtes depuis trois mois dans la capitale, et vous ignorez que les femmes du grand monde se peignent le visage !

LA VICOMTESSE DE LARMURE

Tu veux t'amuser à mes dépens, Georgette, ce n'est pas bien.

GEORGETTE

Je parle sérieusement : ces dames ont leurs boites de pastel comme elles ont leurs peignes et leurs brosses. Et chaque jour elles travaillent sur leur visage, qui est souvent plus rebelle que la toile. Or, voici la cause de l'état d'hilarité dans lequel vous me voyez : je vais chez Madame Marin, où nous sommes habituellement reçues à toute heure. Sa nièce m'a écrit ce matin en me chargeant d'une commission sérieuse. Je me présente : madame n'est pas visible. J'insiste, j'insiste encore... C'est impossible, me dit le domestique, en baissant la voix et en passant la main sur son visage : *madame sèche.*

LA VICOMTESSE DE LARMURE

Excellent! excellent ! Tu as éclaté de rire?

GEORGETTE

Non, la surprise m'a sauvée. Quant au domestique, il m'a fait cette confidence du ton le plus sérieux, comme un homme qui comprend l'importance de la chose.

SCÈNE VII

LES PRÉCÉDENTES, LA COMTESSE DE LARMURE

LA COMTESSE DE LARMURE

Bonjour, Georgette.

GEORGETTE

Bonjour, chère madame, vous arrivez malheureusement au moment où je suis forcée d'aller au cours de chant. Marie a une bonne histoire à vous conter.

LA COMTESSE DE LARMURE, *gaiement.*

Vraiment ! eh bien, sortons, Marie, le temps est superbe, et cette fameuse histoire ne pourra que gagner à être contée en plein air par un beau soleil.

LA VICOMTESSE DE LARMURE, *à part.*

Elle n'est pas fâchée, quel bonheur ! *(Haut.)* Je suis prête, partons, partons !

ACTE III

La scène représente le salon de Madame Lefort
Intérieur très simple.

SCÈNE PREMIÈRE

MADAME LEFORT, ÉLÉONORE ; *elles entrent en causant*

MADAME LEFORT

Madame de Larmure m'a parlé de tout cela. Je n'ai pas d'inquiétude. Marie est une charmante enfant. Le cœur suppléera à la raison ; avec un peu de patience, tout s'arrangera.

ÉLÉONORE

Dépenser tant d'argent et n'en avoir jamais à sa disposition. Quelle chose étrange ! Jamais je n'aurais cru Marie capable de donner dans un pareil excès !

MADAME LEFORT

Avec un peu plus d'expérience, tu ne t'étonnerais pas de ce qui arrive. Il suffit de fréquenter une femme légère et coquette pour donner dans les travers du monde. On veut faire comme les autres ; il y a un moment de surprise, puis l'habitude fortifie l'erreur. Une fois qu'on a commencé à satisfaire les exigences capricieuses de la mode, on ne s'arrête plus : c'est une nécessité impérieuse.

ÉLÉONORE

C'est effrayant ! Vous, ma bonne mère, vous donnez dans l'excès contraire. Il faut pourtant en finir.

MADAME LEFORT

Comment, Éléonore ! mais je me suis occupée de ma toilette ce matin. Est-ce que Clémence ne t'a pas montré la robe que j'ai achetée ?

ÉLÉONORE

Pas du tout ! *(Madame Lefort sonne.)*

SCÈNE II

LES PRÉCÉDENTES, CLÉMENCE ; *elle apporte la robe.*

CLÉMENCE

Je venais précisément faire observer à madame qu'elle a acheté une robe pareille à la dernière, sauf ce petit pois : même nuance, même disposition... Madame n'aura pas l'air d'en avoir changé.

ÉLÉONORE

Et c'est le résultat d'une méditation de trois mois, ma bonne mère !

MADAME LEFORT

J'étais enchantée de mon coup d'état ! c'est dommage ! Allons, Clémence, reportez cette robe.

ÉLÉONORE

Faites-en apporter d'autres à choisir, et, pendant que nous y serons, il faut aussi des étoffes habillées. Il n'y a plus moyen de reculer.

MADAME LEFORT

Tu as raison. Je n'y penserai plus. *(Clémence sort.)*

SCÈNE III

MADAME LEFORT, ÉLÉONORE, GEORGETTE

GEORGETTE

Je croyais madame de Larmure et Marie ici ?

ÉLÉONORE

Nous les attendons. Tu parais bien fatiguée, ma cousine ?

GEORGETTE

Je n'en peux plus ! je suis abasourdie.

MADAME LEFORT

Mon amie, tu fais trop de sciences.

ÉLÉONORE

C'est une passion qui la fera mourir vingt ans plus tôt. Pour moi, rien que d'y penser je pâlis.

GEORGETTE

Je n'ai fait ni mathémathiques, ni chimie, nous venons tout bonnement du *five o'clock* de madame de Beauvoir où j'ai entendu quinze femmes faire *pia pia pia* pendant une demi-heure.

ÉLÉONORE

Ma cousine, vous êtes fort impertinente.

GEORGETTE

Ma petite cousine, je ne peux pas l'être avec des femmes comme vous : c'est de l'épanchement ; jamais je n'aurai de thé de cinq heures ; c'est absolument décidé.

MADAME LEFORT

Mademoiselle Georgette...

ÉLÉONORE

Tu changeras.

GEORGETTE

Pas le moins du monde, et conviens que ces rendez-vous d'apparat ne favorisent nullement les relations d'amitié. Je soutiens même qu'il n'y a plus de conversation d'intimité. Chacune de ces dames accourt pour faire voir son chapeau ou ses falbalas, pour raconter des nouvelles, puis les malheureuses qui, comme moi, veulent aller rendre leurs devoirs à la maîtresse de la maison, tombent dans le 4 à 6 et en sortent avec une courbature.

ÉLÉONORE

Maman, grondez-la donc un peu.

MADAME LEFORT

Il faudrait pour cela ne pas être de son avis.

ÉLÉONORE

Quel mal trouvez-vous donc à recevoir des amies à un jour et à une heure donnés?

MADAME LEFORT

Les voir ainsi, ma fille, ce n'est pas les voir, et le *pia pia pia* de mademoiselle Georgette caractérise parfaitement le charme de ces réunions. Je regrette de n'avoir pas trouvé ce mot-là.

GEORGETTE

Chère tante, vous en trouverez d'autres.

SCÈNE IV

LES PRÉCÉDENTES, LA COUTURIÈRE, CLÉMENCE *portant les étoffes*

CLÉMENCE

Madame, ce sont les étoffes que vous avez demandées.

MADAME LEFORT

Je n'y songeais plus, faites entrer. *(La couturière entre).* Que de peines je vous donne!

LA COUTURIÈRE

Nous en avons l'habitude, madame, n'y faites pas attention. *(Elle déploie plusieurs pièces d'étoffes riches, velours et satin.)*

ÉLÉONORE

Georgette, tu vas prendre une nouvelle crise de nerfs; tu devrais nous laisser délibérer cette grande affaire. Il y a longtemps qu'elle est en suspens.

GEORGETTE

Alors je reste pour trancher la question.

ÉLÉONORE

Une savante! Quelle prétention!

GEORGETTE

Pas du tout ! Et crois-tu que certaines femmes s'affubleraient comme elles le font si elles consultaient leur père, leur mari, leurs frères et leurs cousins au dernier degré ? Non, certainement.

MADAME LEFORT

Mes enfants, remettez à plus tard votre discussion. Madame est pressée.

LA COUTURIÈRE

Pas du tout, Madame. Ce velours émeraude est et cette nuance lilas est du meilleur goût.

MADAME LEFORT

Du velours ! du velours ! à combien revient la robe ?

LA COUTURIÈRE

Cette pièce-là est extrêmement avantageuse. Si Madame ne fait qu'un corsage, la robe ne reviendra pas à plus de trois cent quatre-vingt-dix francs.

MADAME LEFORT

Et la lilas ?

LA COUTURIÈRE

Deux cent soixante-dix.

ÉLÉONORE

Comme c'est avantageux.

MADAME LEFORT

Madame, voyons d'abord les étoffes de laine. En voici une jolie... Je réfléchirai, Madame, je passerai au magasin.

LA COUTURIÈRE

Très bien, Madame. *(Elle replie les étoffes et se retire.)*

SCÈNE V

LES PRÉCÉDENTES, LA VICOMTESSE DE LARMURE

ÉLÉONORE

Que n'es-tu venue un instant plus tôt, ma cousine, tu aurais décidé maman dans le choix de ses robes. Depuis le mois de novembre, elle imagine chaque jour des expédients pour reculer cette grave affaire. Je finis par me désespérer comme Clémence.

LA VICOMTESSE DE LARMURE

Moi ! je n'entends plus rien à tout cela ! je ne veux plus aller dans le monde. Attendez-vous à me voir la moins bien mise de toute notre société..., je voudrais ne pas quitter ma robe de chambre.

GEORGETTE

Elle serait assurément de bon goût et vous irait à ravir, ma cousine.

LA VICOMTESSE DE LARMURE

Georgette, tes plaisanteries me fatiguent...
Ma tante, je voudrais vous parler.

GEORGETTE

Voici une invitation formelle à me retirer. Eh bien, mesdames, je quitte votre douce compagnie. *(Elle sort.)*

LA VICOMTESSE DE LARMURE

Ma bonne tante, je viens implorer votre tendresse et votre protection... *(Éléonore veut se retirer.)*

LA VICOMTESSE DE LARMURE

Reste, cousine, il est bon que tu écoutes ce que j'ai à dire.

Vous avez essayé, ma chère tante, de m'éclairer de vos conseils quand je suis arrivée à Paris. Cela ne m'a pas plu : vous vous êtes abstenue ; sans guide, entourée de femmes frivoles, j'ai cru me donner de l'importance en suivant leur exemple. La pension qu'Albert me donnait pour ma toilette m'a semblé une dérison, et depuis trois mois j'ai fait pour quinze mille francs de dettes, et vraiment je ne sais comment...

ÉLÉONORE

Oh ! Ciel !

LA VICOMTESSE DE LARMURE

C'est affreux, méprisable, n'est-ce pas, Éléonore ?

ÉLÉONORE

Chère Marie, je ne dis pas cela.

LA VICOMTESSE DE LARMURE

Moi je le pense et je le dis. J'ai tout avoué à Albert.

MADAME LEFORT

Et qu'a-t-il dit ?

LA VICOMTESSE DE LARMURE

Pas un mot. Il m'a amenée ici en me disant de

l'attendre. Ah ! ma chère tante, que je suis à plaindre !

MADAME LEFORT

Beaucoup moins qu'une autre, mon enfant, puisque tu reconnais tes torts.

LA VICOMTESSE DE LARMURE

Je les reconnais et je voudrais pouvoir les expier. Je suis résignée à tout... : voici ma mère, j'entends son pas... *(Elle se place auprès de sa tante)*.

SCÈNE VI

LES PRÉCÉDENTES, LA COMTESSE DE LARMURE

LA COMTESSE DE LARMURE

Ma bonne cousine, vous êtes appelée à juger un procès.

MADAME LEFORT

Je vous préviens, mon amie, que je traite toute question à l'amiable : je ne connais que cette partie du Code.

LA COMTESSE DE LARMURE

Soit, mais au moins il faut entendre les parties : que dites-vous d'une femme qui fait pour quinze mille francs de dettes en trois mois ?

MADAME LEFORT

Qu'elle est jeune et sans expérience.

LA VICOMTESSE DE LARMURE *(bas)*.

Bonne et chère tante !

LA COMTESSE DE LARMURE

Que dites-vous d'un homme qui épouse une jeune personne orpheline sortant du couvent, l'amène à Paris, satisfait à tous ses caprices, la conduit dans le monde, et ne s'occupe que des succès qu'elle y obtient?

MADAME LEFORT

Oh! je dis que cet homme-là est un fou.

LA VICOMTESSE DE LARMURE *(bas)*.

Oh! ciel!

LA COMTESSE DE LARMURE

A quoi le condamnez-vous?

MADAME LEFORT

A payer les dettes de sa femme et à lui demander pardon.

LA VICOMTESSE DE LARMURE, *à part*.

C'est trop fort!

LA COMTESSE DE LARMURE

Nous sommes du même avis.

LA VICOMTESSE DE LARMURE

J'en appelle... la sentence est injuste.

MADAME LEFORT, *avec gravité*

La cour rejette votre pourvoi, madame.

LA VICOMTESSE DE LARMURE, *prenant la main de sa tante et de sa belle-mère*

Eh bien, la cour a raison : j'admire et je bénis sa sagesse. Je me soumets à son arrêt, car je sens dans mon cœur attendri que *mieux vaut douceur que violence.*

FIN

EXTRAIT du CATALOGUE de la LIBRAIRIE d'ÉDUCATION

Ouvrages Illustrés pour la Jeunesse

AYLICSON. — *Jeunes Filles*. Un vol. in-8° raisin, illustré de 20 compositions, br. **5** fr.; cart. toile, tr. dor. **7** fr.; relié, tranches dorées . . . . **9** fr.

Collection in-8° cavalier, illustrée

Chaque volume broché **3** fr. **50**; cartonné toile, tr. dor. **5** fr.; relié tranches dorées **7** fr.

Ch. BUET. — *Castelvautour*. 23 illustrations de H. Grobet.

M. DENOISEL. — *Aux Mines d'Or de Montézuma*. Illustrations de V. Pargon.

Mlle Julie GOURAUD. — *Mémoires d'une Poupée*. Illustrations de J. Villeclère.

Mlle Julie GOURAUD. — *Mémoires d'une Petite Fille*. 23 illustrations de H. Grobet.

Edouard DIAZ. — *L'Héritage de l'Oncle Archignac*. 25 illustrations de P. Kauffmann.

Mme la Vtesse de PITRAY, née de SÉGUR. — *Les Mille et un Contes de la Jeunesse*. 60 illustr. dans le texte et hors texte.

Collection in-18, à 2 fr. le volume broché

AYLICSON. — *Le Carême de Sylvie*.

Ch. BUET. — *La Tour Griffe d'Or*.

Mlle Julie GOURAUD. — *Marianne Aubry, Histoire d'une Servante*. Ouvrage couronné par l'Académie.

Marie de HARCOET. — *Les Pupilles de Madeleine*.

E. MEUNIER. — *Front d'Yvoire*.

Mme la Vtesse de PITRAY, née de SÉGUR. — *Le Bouillant Achille*.

G. SICARD. — *Guide de la Prononciation Française*.

Hortense BARRAU. — *Poésies Enfantines*. Un volume in-18, broché . . . . **1** fr.

Cartonné bradel . . . . **1** fr. **25**.

THONON-LES-BAINS, IMPRIMERIE MASSON FRÈRES

www.ingramcontent.com/pod-product-compliance
Ingram Content Group UK Ltd.
Pitfield, Milton Keynes, MK11 3LW, UK
UKHW020947220726
13924UKWH00002B/542

9 782019 913694